SONGES ET RÉALITÉS

POISSY. — TYPOGRAPHIE ARBIEU.

JULES ROUQUETTE

SONGES

ET

RÉALITÉS

PARIS

GARNIER FRÈRES, LIBRAIRES-ÉDITEURS
6, RUE DES SAINTS-PÈRES, ET PALAIS-ROYAL, 215

1855

JULES ROUQUETTE

SONGES

ET

RÉALITÉS

—

POÉSIES

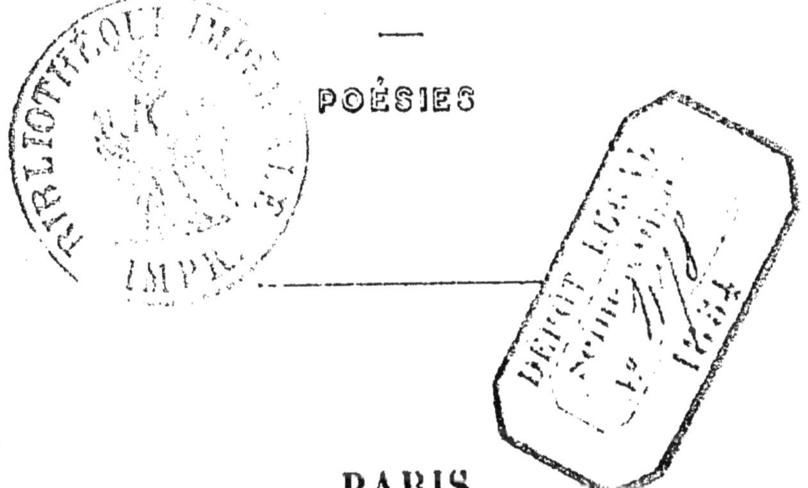

PARIS

GARNIER FRÈRES, LIBRAIRES-ÉDITEURS

6, RUE DES SAINTS-PÈRES, ET PALAIS-ROYAL, 215

—

1855

SONGES ET RÉALITÉS

INSCRIPTION

—

Des rêves de mon cœur c'est la coupe vidée,
Gouttes de poésie! instants d'illusion,
Où d'amour et de foi mon âme débordée
Croyait porter en elle une création!...

Où fuit des songes d'or la foule débandée ?

Reviens, ô chaste erreur, poëme, vision

Qui remplissais jadis ma tête fécondée !

Viens faire épanouir, comme un jeune rayon,

Le rire d'autrefois dans mon âme inondée !

Mais ma tête à vingt ans sous le doute est ridée ;

La croyance s'écroule à la voix d'Asmodée ;

L'esprit tend au réel, le fait étreint l'idée,

Et, par la rude main de la raison bridée,

Dans les sentiers perdus de l'inspiration

Ne vagabonde plus l'imagination !

Qui donc faut-il chanter de l'homme ou du poëte ?

Ces heures de fraîcheur que le vieillard regrette,

Ces heures d'aile neuve et de naïveté,

Ces heures de matin et de bouton de rose,

D'enfance et de raison nouvellement éclose

Doivent-elles toujours dans mon cœur attristé

Sonner le souvenir d'un bonheur emporté,

Glas commémoratif sur une tombe close ?

Quand ce riant passé, comme un Éden perdu,

Étale sous mes yeux toute son épopée,

Que de l'ange du temps l'inexorable épée

Défend qu'un seul des jours enfuis nous soit rendu,

Ah! je ne pleure pas ma jeunesse échappée!

Quels étaient ces amours venus à dix-sept ans?

Que valaient ces parfums perdus pour le printemps?

Tressaillement de chairs qui n'est pas vie encore,

Vague saveur de fruits que l'été cuit et dore,

Verdeur, séve qui monte, épanouissement!

Quand l'être sera mûr, il vivra son moment!

Heureux le fruit qui tombe avant les froids d'automne!

Et, si ma voix encor trouve un chant qu'elle entonne,

Du malheur je bénis l'âpre sincérité

Qui me mène si jeune à la virilité!

Je n'ai plus dans mon front pour demeurer poëte

Des inspirations dont mon cœur s'inquiète;

Je n'ai pas le loisir des intimes tourments,

Et j'ai perdu la foi des joyeux sentiments.

Sur le monde réel où le siècle nous mène

Je me penche, écoutant la grande voix humaine.

Croyances, foi du cœur, dogmes, divins décrets,

Mensonges fastueux ! et les faits seuls sont vrais !
Au regard du penseur quand la terre s'étale,
Pour garder les vertus, où donc est la vestale ?
Faut-il pleurer du Christ le martyre divin,
Moi qui ne pleurais pas même quand j'avais faim !
Tu demandes pitié pour ton amour, ô femme,
Lorsque sous ton mépris tu brises une autre âme !

Le siècle a deux autels pour le bien et le mal,
Deux temples seuls ouverts : la Bourse et l'Hôpital !

L'amour n'est du plaisir qu'un chaste synonyme,
L'amitié d'un bienfait la demande anonyme !
La gloire... Faut-il donc avoir le sot orgueil
De l'homme qui de marbre et d'or fait son cercueil ?
Qui, pour n'entendre plus les cris de sa faiblesse,
S'étourdit aux bravos dont la foule le presse ?

Homme, je ne viens pas prophète de malheur,
Te crier anathème avec un vers hurleur.

La grande tragédie a crevé ses cothurnes,
Et les Fabricius dansent aux bals nocturnes.

Ridicules amas de sons et de mots creux
Qui semblent nous parler en se froissant entre eux !
Pour un terme innové s'engage la mêlée,
La foudre gronde aux flancs de la presse ébranlée ;
Et si *Neptune* enfin pour *mer* ne se dit pas,
On croit faire marcher l'humanité d'un pas !
Lorsque la tête sue à l'innocente escrime
De croiser avec art deux vers de même rime,
L'homme de son néant sublime admirateur
En se frappant le front dit : Je suis créateur !

Et n'ai-je pas aussi, moi que glace le doute,
Aspiré radieux ces chants que l'âme écoute ?
J'eus seize ans, j'eus mon cœur chaste, ardent, confiant,
Qui me faisait poëte, amant, ami, croyant.
Le passé, c'est la tombe où mes fraîches pensées
Sous le plomb du malheur dorment, vierges glacées.

Sous les bises d'avril l'arbre s'est effeuillé ;
Lorsque j'avais vingt ans mon cœur s'est dépouillé.

Vous voulez de drap d'or habiller des maximes,
Moduler vos soupirs de notes et de rimes ;
Du sol où vous rampez levant la tête aux cieux
Vous parlez, dites-vous, le langage des Dieux !

Vous aimez les ruisseaux, l'azur, les mers, les brises,
Le lierre frémissant aux flancs des roches grises,
Les sentiers retirés et les berceaux couverts,
Les strophes, les grands mots, les tirades, les vers !

Dérision !... Eh bien, enfants, à vous ce livre ;
Aux cœurs de dix-sept ans sans honte je le livre ;
Cénotaphe d'erreurs et de faux sentimens,
Comme vous vous mentez, il dira que je mens !

LES FLOTS

> ... Allons voir si la rose,
> Qui ce matin avait desclose
> Sa robe de pourpre au soleil,
> A point perdu, cette vesprée,
> Les plis de sa robe pourprée
> Et son teint au vostre pareil.
>
> RONSARD.

I

Sur le fleuve du temps vois descendre la foule ;

Il est des cris joyeux, des blasphèmes, des pleurs ;

Et le bord, caressé par l'onde qui s'écoule,

A le saule funèbre et de riantes fleurs.

Sur les rapides flots passent de jeunes femmes
Dont la vue éblouit comme l'astre du jour;
Sous ces longs cils soyeux couvent de vives flammes,
Cette voix qui palpite est un souffle d'amour.

La prunelle au bleu tendre, effeuillant la pensée,
Nuance, épanouit les plus doux sentiments;
Le rayon de l'œil noir est la flèche lancée :
L'âme en regard de feu parle au cœur des amants.

Voyez comme la joie anime leur visage
Le jeune homme est si doux à vanter la beauté!
Il a des mots d'amour, il est si beau!... son âge
Enflamme et fait rêver l'âme à la volupté...

C'est la vive gondole où résonnent des harpes :
Leur vie est une fête aux suaves concerts;
Des fleurs ceignent les fronts; la moire des écharpes,
Les pavillons rosés ondulent dans les airs.

Tout sens peut s'abreuver au plaisir qui ruisselle;
Et la bouche distraite effleure le cristal
Où le vin du bonheur à flots d'or étincelle :
C'est le fleuve enchanté d'un conte oriental!

Venez, couples charmants, sur la rive fleurie;
Là-bas sur les rochers se déchirent les eaux;
Venez, c'est du bonheur la féerique patrie :
Mais le bateau rapide a fui ces frais berceaux...

Ils sont passés... au loin de la robe soyeuse
Voyez les plis déteints, sombres, évanouis;
Plus d'échos embouchant la fanfare joyeuse,
Plus de rêveuse extase à nos yeux éblouis!

Tout a passé!... les flots n'ont pas même l'empreinte
Que la proue a laissée à leur mouvant rideau;
Mais elle était si jeune! elle riait sans crainte,
Celle dont hier le temps entraînait le bateau!

Tout s'est évanoui comme une vaine image,

Spectre qu'un baladin allume dans la nuit,

Qui fait rire un moment les enfants du village,

Et, sans laisser au mur une trace, s'enfuit !

Ah ! je veux voir, courons, je veux jouir encore

De cet œil pénétré d'une moite douceur,

D'une bouche qu'on croit la rose près d'éclore,

De cette voix d'amour dont palpitait le cœur !...

Tout a pâli... pourtant les roses étaient belles

En s'épanouissant sur le bord des ruisseaux,

Et le vent qui passait emportait sur ses ailes

Le doux parfum des fleurs et le chant des oiseaux.

L'oiseau battu du vent se tait sous la feuillée ;

Femmes, où sont vos chants et vos fraîches couleurs ?

La tempête a jeté cette rose effeuillée

Dans le ruisseau grossi peut-être par vos pleurs !

Quoi! tu seras ainsi, jeune fille que j'aime!
Ta taille svelte un jour se plira sous les ans,
Ton regard s'éteindra, de ton noir diadème
Je verrai les cheveux rares et blanchissants!

.   .   .   .

Tout a pâli!... pourtant les roses étaient belles
En s'épanouissant sur le bord des ruisseaux,
Et le vent qui passait emportait sur ses ailes
Le doux parfum des fleurs et le chant des oiseaux.

.   .   .   .

.   .   .   .

II

Ah! je vois : sur leur front le temps creuse des rides,
Et leurs bras décharnés se tendent vers ce bord;
Mais le temps les entraîne, et leurs lèvres livides
Râlent des cris d'horreur à l'aspect de la mort!

Je ne veux que ma lyre, et passez, vaines ombres,
Laissez chanter mon cœur, qui s'attriste à vous voir!
Laissez, laissez-moi seul sous ces tonnelles sombres,
Chanter une autre joie... et renouer l'espoir!

Qu'importe de marcher et de regarder l'heure!
Passez, hommes, passez sur l'onde qui descend;
Ma lyre est la beauté dont le soupir m'effleure!
Puisse ma voix charmer l'oreille du passant!

Et que nous faut-il donc pour vivre heureux, mon âme?

Quelques fruits du rameau que ma main a planté;

L'eau pure de la source... et mes pensers de flamme,

La montagne, l'air vif... et puis la liberté!...

Et ces hymnes du cœur à vague symphonie,

De nos rêves ailés capricieux essor,

Ce brillant idéal, cette mer infinie,

Ciel aux vives couleurs, mine au riche trésor!

D'un souffle harmonieux mon aile caressée

Aux célestes vallons suit des rayons vermeils,

Et sur des rameaux d'or l'aérienne pensée

Chante comme l'oiseau les splendeurs des soleils.

Et parfois de là-bas monte le bruit du monde,

Ténébreuse vapeur, tu passes sur mon ciel;

Mais, comme dans l'abîme où le flot bout et gronde,

Au milieu des vapeurs s'allume un arc-en-ciel...

3

III

Voyez l'aigle là-haut pliant ses larges voiles,
Il soumet son essor à des vents affaiblis,
Entraîné vers la terre et loin de ses étoiles,
Il s'endort et se berce en leurs mobiles plis.

Tout à coup il déferle éveillant son audace,
Son aile vigoureuse a palpité dans l'air,
Comme un rapide trait il monte et fend l'espace,
Dans l'infini son œil a plongé son éclair!...

Ainsi mon cœur s'émeut aux suaves tendresses,
Et mon sein est gonflé d'un amoureux soupir;
Du fleuve donnez-moi les moelleuses caresses,
Sur des roses je sens mon âme s'assoupir...

Jouez dans mes cheveux, ô brises du rivage,
Essuyez sur mon front cette chaude moiteur,
O volupté, fais-moi rire ton doux visage,
Femmes, regardez-moi de votre œil enchanteur !

J'abandonne ma lyre, ouvrez-moi la nacelle ;
Jeune fille, le miel sur ta lèvre est cueilli,
Prodiguez les plaisirs que ce brasier recèle :
Sur le sein du bonheur mes sens ont tressailli !

.   .   .   .

Tout a pâli !... pourtant les roses étaient belles
En s'épanouissant sur le bord du ruisseaux,
Et le vent qui passait emportait sur ses ailes
Le doux parfum des fleurs et le chant des oiseaux.

L'oiseau vieilli n'a plus de voix sous la feuillée ;
Femmes, où sont vos chants et vos fraîches couleurs ?
La tempête a jeté cette rose effeuillée
Dans le ruisseau grossi peut-être par vos pleurs !...

Mais mon âme s'éveille, et, secouant mon aile,
Aux champs de l'infini je plane en liberté;
Passez, flots de la vie! âme, source éternelle,
En moi-même je bois ta pure volupté!

Voguez, chantez! qu'au vent flotte la banderole,
Enivrez-vous du vin mûri sur le coteau,
Qu'un souffle de printemps de son aile vous frôle:
L'âme près du soleil jette son froid manteau!

Elle boit des torrents d'harmonie idéale;
L'être s'épanouit, l'esprit s'isole en moi,
C'est de l'âme et du cœur l'étreinte nuptiale,
C'est le monde infini de l'âme où je suis roi!...

.   .   .   .

Oh! je rêvais! le flot qui déborde m'entraîne,
Et ce site charmant n'est pas fait pour moi seul!
Le bateau va sombrer, il faut mourir!... l'arène
Où l'eau va nous rouler sera notre linceul!...

Adieu, riches coteaux, monts où l'âme s'envole,
Coupe qui m'abreuvais du nectar immortel !
Idée!... ah ! j'immolai la matière frivole,
Et mon cœur en encens fuma sur ton autel !

Adieu, mots cadencés, adieu chants de la lyre,
Ombrages parfumés, écho des bois, adieu !
Je fus heureux ! vous tous vous fûtes en délire :
Qui trouve le bonheur est couronné de Dieu !...

. . . .

Tout a pâli... pourtant les roses étaient belles
En s'épanouissant sur le bord des ruisseaux,
Et le vent qui passait emportait sur ses ailes
Le doux parfum des fleurs et le chant des oiseaux.

L'oiseau mourant n'a plus de voix sous la feuillée,
Femmes, où sont vos chants et vos fraîches couleurs ?
La tempête a jeté cette rose effeuillée
Dans le ruisseau grossi peut-être par vos pleurs !..

Et sur les flots passait une changeante foule,

Mais le barde en son cœur chante un monde éternel,

Son âme ne sent pas le sol que son pied foule,

Et l'idéal qu'il rêve est l'avant-goût du ciel !...

INTÉRIEUR

L'hiver sous un manteau de neige
Est venu glacer nos climats,
Amenant son triste cortége
De vent, de pluie et de frimas ;

Et roidi par le froid je travaille et je veille,
Mais Louise sourit et mon enfant sommeille!..

Tu te flétris sous lo malheur,
E, tu souris, ô jeune femme !
C'est qu'une mère a dans son âme
La joie auprès de la douleur...

Et roidi par le froid je travaille et je veille,
Mais Louise sourit et mon enfant sommeille !...

Ma lampe en ce réduit obscur
N'a plus qu'une lumière sombre
Qui tremble et fait flotter mon ombre
Comme un fantôme sur le mur.

Et roidi par le froid je travaille et je veille,
Mais Louise sourit et mon enfant sommeille !...

Comme ce rougeâtre flambeau
Vacille ma pâle existence ;
J'ai lu ma fatale sentence :
La misère ouvre le tombeau !

Et roidi par le froid je travaille et je veille,
Mais Louise sourit et mon enfant sommeille !...

Tu daignes nous jeter du pain,
Egoïsme, avare richesse!...
Pourtant ce pain donne allégresse
Au pauvre qui pleure de faim !
Et roidi par le froid je travaille et je veille,
Mais Louise sourit et mon enfant sommeille!...

Ce pain qu'a sué mon labeur,
Eh quoi ! riche, tu nous l'envies !
Ce dernier soutien de nos vies,
Il faut l'arracher à la peur!

Et roidi par le froid je travaille et je veille,
Mais Louise sourit et mon enfant sommeille!

La joie a ranimé ton teint,
Car je travaille, ma Louise,
Et tu pourras contre la bise
Rallumer ton foyer éteint.

Ah ! que longtemps encor je travaille et je veille,
Que Louise sourie et mon enfant sommeille!...

L'enfant peut se pendre à ton sein

Devant une joyeuse flamme.

Le bonheur ranime mon âme ;

Ils n'ont plus froid, ils ont du pain !

Oh ! faites que toujours je travaille et je veille,

Que Louise sourie et mon enfant sommeille !...

VENGEANCE

La vengeance est toujours le plaisir
d'un esprit étroit et mal fait.
JUVÉNAL.

Plus de fiel qui nourrit les crimes et la guerre!...

Plus de feu, plus de sang!

Il est une vengeance inconnue au vulgaire,

Douce à l'âme qui sent!...

Toi qui m'as outragé, ta fureur, je la brise
        Sous le poids des bienfaits;
Et tu ne pourras plus, sans que l'on te méprise,
        Dire que tu me hais,...

Et tu frémis de rage et te tords dans la chaîne
        Qui me rend triomphant :
Il te faut m'estimer, éteindre cette haine
        Que la pudeur défend !...

____

DEUX FLEURS

TROUVÉES DANS LA BOUE

—

Une fleur effeuillée, un bouton près d'éclore,
Que l'aile du printemps devrait couver encore,
Sont là flétris, souillés aux fanges du chemin :
Frais bouton sans aurore et fleur sans lendemain !
Quelle main vous cueillit aux branches parfumées ?
Couronniez-vous le front de jeunes bien-aimées,

Que l'amour conviait aux danses du festin ?

Avez-vous, tout brillants des perles du matin,

Orné le sein ému de quelque jeune femme,

Mêlant à vos parfums les parfums de son âme ?

Empreints de son haleine et de son sentiment,

Vous a-t-elle livrés à son léger amant,

Qui près d'elle ravi, vous baisait... et loin d'elle

Au vent vous effeuillait d'une main infidèle ?

Dites-moi, messagers de nos jeunes amours,

Les frais épanchements, les intimes discours

Que vous a murmurés un cœur de jeune fille.

Deux timides amants, sous l'œil de la famille,

Cachant dans cette fleur des mots d'enivrement,

N'ont-ils pas échangé tout bas un doux serment ?

La fleur, c'est de l'amour le plus suave emblème,

Elle ravit le cœur de tout ce qui dit : J'aime !

L'enfance lui sourit, l'enfant n'a que son cœur,

Jeune fille à quinze ans la donne à son vainqueur.

La fleur, c'est la beauté, c'est l'art, la poésie ;

C'est sous les orangers les senteurs de l'Asie ;

C'est tout ce que notre âme a rêvé de vermeil ;

C'est un vent parfumé, caressant le sommeil.

Couchez ma volupté sur un doux lit de roses,

Égayez mes regards de fleurs fraîches écloses ;

Cachez-moi sous des fleurs la poudre des sentiers

Et sur mon front rêveur secouez les rosiers :

Des fleurs, des fleurs partout ! Viens-t'en, ma fiancée,

Sur ton front la couronne odorante est tressée,

Au jardin j'ai trouvé plus de grâce à tes ris,

Et l'oiseau chante mieux sous les bosquets fleuris.

Car la fleur, c'est le chant, c'est la joie et la fête,

C'est aussi la douleur... elle pare la tête

Des vierges dont l'hymen allume le flambeau,

Des vierges que la torche accompagne au tombeau ;

Elle est la piété, le regret, la prière ;

Elle orne le baptême et couronne la bière.

Et vous voilà flétris ! le passant aux pieds lourds

A foulé sans pitié ce délicat velours,

Le cœur qui vous livrait toute sa pure essence,

L'âme qui vous disait sa sainte jouissance,

Ses secrets, ses soupirs ou ses rêves dorés,

Voit-elle ainsi traîner ses confidents sacrés ?

En son premier amour peut-être qu'un jeune homme
Vous donna radieux à celle qu'il ne nomme
Que le trouble à la bouche et la rougeur au front ;
Mais elle, qui n'avait que son bras blanc et rond,
Sa taille svelte et fine, un beau corps de statue!
En vous prenant cachait un froid rire qui tue!
Et vous voilà foulés aux pieds de son dédain.
Peut-être fûtes vous loin de votre jardin,
Au milieu des flacons, d'une table rougie,
Parer honteusement les nymphes de l'orgie,
Dans cette boue, au front des vénales houris
Ah ! vous voilà deux fois souillés, deux fois flétris !
Et vous qui ne deviez couronner qu'un front d'ange,
Vous n'avez donc hélas ! fait que changer de fange ?

Ah ! je pleure ces fleurs... Pleurons ces cœurs fanés
Dans les boueux ruisseaux du vice abandonnés.
Il faut que tous les ans ce hideux Minotaure
Reçoive pour sa faim des femmes qu'il dévore.
Jetez une pâture à toute volupté !
Jetez un corps de vierge à toute impureté!

C'est que l'on ne craint pas dans notre siècle infâme
De salir une fleur et de flétrir une âme.
Il est plus d'une vierge et plus d'un chaste enfant
Que le vice étreignit sur son sein triomphant ;
L'amour, encens du cœur, à l'une était ravie,
L'autre, n'a pas encor ouvert l'âme à la vie ;
Avant de palpiter, ce jeune cœur est mort,
L'autre, du suicide a senti le remord.
O femme, oublieras-tu la vierge tant aimée ?
Fleur, te rappelles-tu la plante parfumée ?
Pauvre femme, ton cœur pleure sur des débris.
Enfant, pour toi l'amour n'aura pas un souris !
Pitié, pitié pour eux ! car le monde se joue
De jeter l'âme au vice et la fleur à la boue.
Ne laissez pas broyer sous le pied des douleurs
Ces enfants, frais boutons, ces femmes, pauvres fleurs !

ROME

> C'était le cri du prophète qui entend
> déjà bruire et fourmiller l'humanité
> émancipée, qui voit dans l'avenir l'intel-
> ligence saper la foi, l'opinion détrôner
> la croyance, le monde secouer Rome.
>
> VICTOR HUGO.

Rome est gisante dans la fosse :

Bien haut elle levait le front !

Tel un sphinx, large et lourd colosse,

Dans le sable a couché son tronc.

Vaste chêne où la séve est morte !
Du pouvoir c'était la main forte ;
C'était la pesante cohorte,
Son pas faisait trembler le sol ;
Des nations sous sa rafale
Elle fit courber le front pâle ;
C'est l'aigle à l'aile triomphale
Qui soumet les cieux à son vol,

Sombre fossoyeur des empires,
Qu'est devenu ton bras puissant ?
A ces sanguinaires vampires,
Aux loups de Rome plus de sang !...
Siècle de fer où la victoire
Gravait sa métallique histoire !
Qu'est devenu ce promontoire
Battu du flot des nations ?
Sur son granitique rivage
A bondi la vague sauvage :
Il a croulé sous le ravage
De ces fougueuses légions !...

Elle dort, la grande guerrière !
Qu'est sa gloire ? un sanglant faisceau ;
Qu'est son empire ? une poussière ;
Qu'est son fleuve ? à peine un ruisseau !...
Cité couverte par la poudre,
Ton cadavre va se dissoudre !
O chêne frappé par la foudre,
Plus de fleurs sur ton bois pourri !...
Mais au tronc la séve est montée !
Tige d'Orient transportée
Et sur ses rudes flancs entée,
La puissance à Rome a fleuri !

Il est encor le vaste empire !
Du monde Rome est le milieu,
Le cœur de tout ce qui respire,
Palpitant entre l'homme et Dieu.
Les peuples regardent ce pôle ;
Les rois tremblent devant l'étole ;
Et, redoutable capitole,
S'est élevé le vatican.

Le pape dit, sa voix profonde

Comme à la cité parle au monde,

Et lorsque sa colère gronde,

C'est une mer près d'un volcan!...

Mais le temps a terni la tiare;

Rome dit; ses mots triomphants

Ne sonnent plus qu'une fanfare

Pour amuser quelques enfants!...

Elle lève son doigt débile,

Et l'homme sourit immobile;

La foi moutonnière s'exile,

La raison dicte le devoir;

Et quand du pape la voix tombe,

Tous ses peuples, puissante trombe,

Laissent aux musulmans la tombe

Du prête-nom de son pouvoir!...

Au pape la foudre est ravie;

L'idée a sonné le tocsin!

Mais la mort enfante la vie...

L'homme sent un cœur dans son sein !

Il voit descendre en sa présence

La vérité, divine essence ;

Elle est l'immortelle puissance ;

La terre est sa grande cité ;

Voyez crouler prêtres et Rome ;

Il est un pape dans chaque homme,

Un autel sous le moindre chaume :

L'empire, c'est l'humanité !...

A LOUISA

—

J'avais livré ma vie à cette jeune femme ;
Son rire gracieux souriait dans mon âme,
    Sa voix était dans mes soupirs ;
A tous mes horizons brillait sa vive étoile,
Aux rives du bonheur elle guidait ma voile :
    C'était ma brise, mes zéphyrs !...

6

Et je voguais rêveur sur cette mer si belle,
Comme un cygne, en glissant, laisse gonfler son aile
       Aux douces haleines du vent.
Mais quoi! ces bords fleuris sont un mirage, un rêve,
Et mon amour échoue à cette aride grève
       Où m'a poussé le flot mouvant!

Je ne te verrai plus! et mon âme alarmée
Entend le triste adieu que dit ta bouche aimée :
       Pour jamais, Louisa, tu pars!
Quand la douleur pâlit sur mon visage sombre,
Je cherche vainement, pour éclairer cette ombre,
       L'espérance dans tes regards!

Oh! mais je partirai, j'irai vers mon amie,
J'éveille au fond du cœur l'espérance endormie,
       Et dans son vol je suis, vers toi,
Sur l'aile de l'amour, mon âme qui m'entraîne.
Eh quoi! de mon exil, ô toi, ma souveraine,
       Froidement tu dictes la loi!

Je ne te verrai plus! Oh! peux-tu bien le dire
Sans sentir à ce mot ton cœur qui se déchire?
        Quoi! ton ordre enchaîne mes pas!
Quand je vole vers toi, c'est ta voix qui m'arrête!
Ah! pour cacher mes pleurs laisse voiler ma tête :
        Louisa, tu ne m'aimes pas!...

Pourtant je t'aimais bien! Ta vue, ô jeune femme,
C'est la coupe d'amour versant l'heureux dictame!
        Elle filait mon beau destin;
C'était le doux appui de mon âme brisée,
C'était l'urne des cieux qui versait la rosée,
        Pour me ranimer au matin.

Laisse tordre en secret ce pauvre cœur qui t'aime,
Laisse sous la douleur se pencher ce front blême
        Elle est heureuse, Louisa!
Qu'importe dans la foule à la femme jolie
L'adorateur d'un jour qui passe, qu'on oublie,
        Comme un jouet que l'on brisa!...

Est-ce bien là, mon Dieu! celle que j'ai rêvée?
Et l'amour, que brûlait cette flamme couvée
          Dans mon âme, est-ce un vain encens?
Faut-il que dans mon front j'éteigne ton image,
Que j'arrache à mon sein cette brûlante page
          Où mon âme écrivit mes sens?...

Brisez l'illusion de cette âme ravie,
Déchirez à plaisir les fibres de ma vie
          Pour détruire son souvenir :
Il vivra dans ma tête une Louisa rieuse,
Idéale Louisa!... sa voix capricieuse
          Ne pourra jamais me bannir.

Et c'est une Louisa que j'aime avec délire,
Pour qui je donnerais mes livres et ma lyre,
          Doux confidents de mes amours;
Elle a tes yeux brillants, tes cheveux, ta main blanche,
Elle vit dans mon rêve!... et sa voix qui se penche
          Me dit qu'elle m'aime toujours!...

UN JOUR

—

Au vert bassin coule encore,
Filet d'argent que je bois ;
Ta fraîcheur qui s'évapore
Aux haleines de l'aurore
Mêle les senteurs des bois.

Du midi les feux torrides
Fanent le pré verdissant;
Fruit doré des Hespérides,
Verse à nos lèvres arides
Ton nectar rafraîchissant!

Beau comme cette soirée,
Viens, ô repos éternel!
Dans la brise, hymne sacrée,
Comme une voix éplorée,
Gémit l'adieu solennel...

Enfant, que le ciel te donne
Joie, innocence et fraîcheur;
Homme, les fruits de l'automne;
O vieillard calme, abandonne
Ta tête au sombre faucheur!

FLEURS DU PRINTEMPS

VIOLA. — ROSE DES CHAMPS

VIOLA

Laisse cette fleur qui brille,
Jeune fille,
Aux fronts par l'or ennoblis,
Ces perles, blanches étoiles,
Ces beaux voiles
Qui flottent en légers plis.

De ta longue chevelure
      L'anvelure
Roule ses flots brunissants,
Et la plus belle couronne
      Environne
Ton front où brillent seize ans,

Le feu dans tes yeux pétille;
      Il scintille
Comme un double diamant,
Riche présent que ton âme
      Paye en flamme
Au cœur pur de ton amant.

Que la richesse ait pour elle
      Sous l'ombrelle
Doux parfums et demi-jour;
Sur ta bouche qui soupire,
      Je respire
Ton cœur parfumé d'amour!...

Modeste fleur qui se cache
Sous la mache
Ou le trèfle du ruisseau !
Au parfum de l'air qui frôle
Ta corolle,
Je découvre ton berceau.

Violette que je cueille,
De ta feuille
J'aime le teint velouté.
Ainsi sous ton humble robe
Se dérobe,
Jeune fille, ta beauté.

Ce n'est pas un cachemire
Qu'on admire,
Ni de ces plis élégants
L'ondoyante et riche moire ;
L'or, l'ivoire
Ou la peau fraîche des gants.

Fleurs, soie et gazes légères,

Étrangères,

Richesse, éclat emprunté !

Moi je t'aime svelte et blanche,

Simple et franche,

Et belle de ta beauté !

ROSE DES CHAMPS

J'aime à la voir, leste et vive,
Sur la rive,
Effleurer l'herbe du pré ;
Son sourcil mutin se fronce,
Quand la ronce
Dévoile son pied cambré

Brûlant pinceau qui colore,
Le ciel dore
Le brun tissu de sa peau,
Au front qu'un cil noir crayonne,
L'œil rayonne
Comme un radieux flambeau.

Viens au bal, ton gai théâtre,

Viens t'ébattre,

Jeune fille au pied léger;

Bayadère aérienne,

Indienne

Qui danse sous l'oranger!...

Laissez-la bondir rieuse,

Gracieuse!

Hier peut-être elle eut des pleurs!

Sa retraite est froide et nue,

Et la nue

L'assombrit dans les douleurs.

Comme à l'haleine qui passe

Une glace

Ternit son cristal si pur,

Le malheur à l'aile sombre,

De son ombre

A voilé ses yeux d'azur!

Son âme frissonne et pleure,
      Quand l'effleure
Le vent glacé de la mort;
Comme la feuille froissée,
      Sa pensée
Tombe triste au vent du nord !

Mais l'aube devient vermeille :
      Plus de veille
Le soir au sombre foyer :
Elle a défilé l'aiguille;
      Pauvre fille,
Qu'un rayon sait égayer !...

Elle donne à qui l'allume,
      Plume à plume,
L'aile de son cœur aimant,
A l'amour elle s'envole;
      Vers son pôle
Toujours palpite l'aimant.

Elle n'est pas l'aubépine,

Dont l'épine

Défend la blanche pudeur;

Elle est la fleur du Bengale,

Mais égale

A la rose en douce odeur...

Aux promenades sablées,

Aux allées

Où le pied crie en passant,

La jeune fille coquette,

La grisette

A l'œil le plus caressant!

Elle a sur les molles grèves

Les beaux rêves,

De l'eau les balancements,

Et ces douces causeries

Aux prairies

Sous le chêne des serments.

Sur le jeune homme inclinée,
     Ramenée,
Elle soupire le soir!...
Vite l'âme est oublieuse;
     Sous l'yeuse
On dore si bien l'espoir!

Jamais sur son front qui penche
     Sa main blanche
Ne tresse les fleurs d'hymen,
Si le cœur est sans tendresse,
     Si l'ivresse
Ne fait frissonner sa main.

Sa bouche, grenade éclose,
     Demi-close
Fait briller dans un souris
Ses dents, nacre éblouissante;
     Frémissante
Elle livre un cœur épris!...

8

Doux aveu, qui dit : Je t'aime !...
      Avant même
Que le cœur l'ait soupiré,
L'œil éloquent le dévoile ;
      Vive étoile
Qui rit au ciel azuré !

Adieu le sombre nuage ;
      Plus d'orage !
Voici les feux du printemps ;
Plus de pleurs d'abandonnée :
      L'hyménée
Unit deux cœurs de vingt ans !

Le ciel fleurit cette chaîne ;
      De la haine,
Ce cœur n'est pas le séjour ;
Loin, ô jeune prolétaire,
      L'adultère
Des cœurs liés sans amour !...

Je hais la prude pincée,

    Fiancée

Au trésor d'un vieux parent ;

Loin, demoiselle soyeuse,

    Orgueilleuse

Qui te vends au plus offrant !...

Laisse la riche matrone

    Sur son trône

Aux laquais tendre ses piés ;

Par ton époux qui badine,

    Ta bottine

A ses cordons déliés.

Il tisse tes longues tresses ;

    En caresses,

Prends les gages que tu dois ;

C'est lui qui te tient la glace,

    Lui qui lace

Ton sein gonflé sous ses doigts,

Ta prunelle malheureuse

Est pleureuse,

Sa bouche vient l'essuyer.

A l'amour l'âme s'abreuve :

C'est le fleuve

Qui nous fait tout oublier !..

MÉDITATION

> D'où vient l'homme, ce petit monde?
> ADAM MICKIEWICZ.
> Et ce chemin mène les peuples à Dieu.
> A. DE LAMARTINE.

Sur ma main j'ai penché ma tête qui médite,

Creusant cette parole incessamment redite :

D'où vient l'être pensant ?

Jeune homme, où te conduit ce chemin que dévore

Ton coursier blanc d'écume, et dont le pas sonore

Bat le sol frémissant ?

Où vas-tu, qu'es-tu donc, homme? Es-tu sur la terre
Comme la fleur qu'engendre un rayon salutaire
        Qui meurt à sa saison?
Es-tu de la moisson que chaque an renouvelle,
Qui tombe sous la faux, pour laisser après elle
        Croître une autre moisson?

De ces profonds destins la pensée éperdue
N'a pu sonder encor l'effrayante étendue,
        Ni lire les décrets;
Et le gouffre des temps, que ma tête surplombe
Pour écouter le bruit de chaque heure qui tombe,
        A de sombres secrets.

Penseur au large front, ridé comme un vieux chêne,
Tu cherches les deux bouts du temps, immense chaîne,
        Dont tu tiens le milieu;
En vain de ses anneaux tu chercheras la suite;
La double extrémité des âges est conduite
        Jusqu'aux deux mains de Dieu!

Comme un rapide éclair dans la nue orageuse,

Ce mot : « Dieu! » vient briller à l'âme voyageuse ;

Mon œil dans ces chemins

A saisi tout à coup, dans la vapeur des âges,

Ce centre universel où tendent les sillages

Du vaisseau des humains.

Comme dans le bois sombre, une vive lumière,

Pour l'hospitalité signale une chaumière

Au chasseur égaré,

Dans les sentiers obscurs où l'homme s'achemine,

A travers mon erreur, de la flamme divine

Mon pas est éclairé.

Et Dieu de notre esprit est l'étoile polaire ;

A mes vagues regards, c'est le feu dont s'éclaire

L'ombre du souvenir ;

C'est la main qui conduit ma main dans cette vie :

C'est la bouche qui dit à mon âme ravie

Les mots de l'avenir !

C'est le brûlant foyer où la tête s'allume ;

C'est le souffle embaumé qui vient enfler la plume

Do l'aile ardente de l'amour ;

C'est le but inconnu qui fait soupirer l'âme ;

C'est le port abrité que cherche notre rame

Aux bords de l'éternel séjour.

C'est l'âme, c'est le sang qui palpite et circule ;

C'est le reflux des mers qui s'avance et recule ;

C'est l'être, c'est le mouvement ;

C'est le rouge Simoun, qui tord l'aride sable ;

C'est la création féconde, inépuisable,

Du monde l'éternel ferment !

C'est le cerveau fécond des suprêmes pensées,

Qui, dans le genre humain par fragments dispersées,

Font des lambeaux de vérité ;

C'est le double principe où tout naît et s'achève,

Et le cœur qui s'éteint va repuiser la sève

Au cœur de la Divinité.

Dieu, c'est le grand penseur, le sublime poëte,
C'est le peintre inspiré!... L'âme écoute, muette,
　　Ses rhythmes éclatants;
Ces hymnes que l'Etna, les vents et les orages,
L'océan qui mugit sur ses profonds rivages,
　　Chantent dans tous les temps!

Et toute âme a vibré sous sa grande parole;
Dieu donne du bonheur la sublime auréole,
　　Même dans ce bas lieu;
Il est l'œil de mon front, le bras de ma puissance,
Et sans cesse abreuvé d'une immortelle essence,
　　L'homme grandit vers Dieu!

LA LIBERTÉ DE L'AME

Imbécile tyran que la puissance enivre,
Tu veux ma liberté?
Tu peux briser mon corps que la force te livre,
Mais non ma volonté!...

Et tu verras la joie éclairer mon visage ;
  Je vaincrai tes fureurs ;
Tels les puissants martyrs virent pleurer de rage
  Les faibles empereurs !

Telle est la joie immense, enivrante, ineffable,
  Que l'esprit des enfers,
Fier, sublime, indompté, bravant Dieu qui l'accable,
  Savoure dans les fers !...

Ce nerf, qu'ont pour le mal les âmes infernales,
  Je l'aurai pour le bien ;
Sur les peuples broyés danse tes saturnales :
  Je ne redoute rien !

Tu peux, tu peux ravir la stupide matière !
  Je possède mon cœur,
Je suis libre, je veux !... c'est d'un peu de poussière
  Que ton bras est vainqueur !...

LA FÊTE DE LOUISA

—

C'est ta fête, et la joie à tous les fronts rayonne,
Ils ont symbolisé les vœux de leur amour,
Et ces fleurs du matin nuancent ta couronne,
Comme si ton bonheur se fanait dans un jour!...

Va, je n'essaierai pas les cordes de ma lyre
Pour moduler à Dieu mes vœux en doux accords ;
Pourquoi lui demander un plus tendre sourire,
Quand le plus vif esprit brille dans ce beau corps !

Les roses des amours sont des fleurs pour ta tête,
Aux rayons du soleil éclôt leur frais corail ;
La beauté, ce bijou, précieux don de fête,
A l'or de ta jeunesse incruste son émail...

Et jeunesse et beauté, ces fleurs que le ciel donne,
Fraîches comme au matin, vois-les s'épanouir ;
L'amour, pur diamant, brille à cette couronne,
Alors aimer c'est vivre, et vivre c'est jouir !...

IDÉAL

—

I

Laissez-le soupirer pour de vaines images,
Vapeur qu'un rayon d'or change en brillants nuages,
En drame fantastique avec mouvant décor ;
La nue a déroulé cette féerie étrange ;
Sous de longs plis d'argent c'est une forme d'ange,
C'est un palais de feu près de montagnes d'or.

Mais sur l'aile du vent qui vole dans l'espace
Le nuage emporté se décolore et passe ;
La vision a fui le regard du songeur :
O rêves de l'esprit, bonheur insaisissable,
Oasis souriant à l'horizon de sable
Et que n'atteint jamais l'aride voyageur !

Caressez dans vos cœurs ces beautés idéales,
Fantôme, que jadis aux lueurs sidérales
Le ménestrel voyait passer dans la forêt,
A travers les rameaux brillait sa robe blanche
Dont les plis vaporeux ne frôlaient pas la branche ;
Son œil riait la joie, ou pleurait le regret.

Pourtant cet idéal, ce gracieux fantôme,
Ces êtres incréés, ce rêve dit tout l'homme :
Là ce sont les houris au regard sensuel ;
C'est la nymphe lascive avec les joyeux faunes,
C'est le front chaste et pur des suaves madones ;
Les sens peignent la terre, et l'âme aspire au ciel !

II

Intimes visions d'une nature aimante!
Dans vos fronts palpitants vous créez une amante
Dont l'image de feu toujours vole avec vous;
C'est le cœur du poëte à la tendre élégie;
C'est le mystique amour dont la tempe rougie
Aux pieds de la pudeur tient l'amant à genoux.

Il adore un regard où brûle toute une âme,
En extase, abîmé dans un regard de femme,
Aimant Dieu pour cet ange, et cet ange pour Dieu!
Son cœur a la fraîcheur des heures virginales;
Il va près d'une amante à genoux sur les dalles
Épancher la prière et l'amour au saint lieu.

10

D'un soleil rayonnant sa vie est éclairée ;

Pour cette jeune tête à vision dorée

Un monde existe : est-il idéal ou réel ?

Qu'importe ! en va perdant ses douces rêveries,

On suit en souriant des campagnes fleuries,

Et l'espoir dans la nue allume un arc-en-ciel !...

III

Mais toi, ton cœur éteint se tait sous la mamelle,
Et dans ton front calcule une froide cervelle!
Le foyer de ta vie est terne et sans chaleur;
Pas un enivrement dans ton âme sans fibre,
Pas une pure joie au sein qui batte et vibre,
Et dans ton cœur de fer pas de sainte douleur!...

Il dissèque! il ne voit que ce que sa main touche,
Il ne sait que les mots que prononce sa bouche,
Il ignore du cœur l'idiome enivrant;
Aux aspirations brûlantes du génie
Qui touche le clavier d'une intime harmonie,
Sur sa lèvre sceptique il plisse un rit navrant!

Il ne sait pas que Dieu des formes les plus belles
A l'homme créateur fait briller les modèles ;
A ces traits rayonnants le cœur est transporté.
Raphaël, des couleurs que fournit la nature
De son rêve divin animant la peinture,
Réalise à nos yeux l'idéale beauté !

Cette pure beauté qui sourit au poëte,
Ce songe de bonheur que chante le prophète,
Ce type éblouissant vit dans tout large front :
L'idéal a deux voix dans deux âmes profondes ;
Le poëte contemple en soi de nouveaux mondes,
Et le prophète y lit les choses qui seront.

LA CIGARETTE

DE MA MAITRESSE

—

Sur les coussins de son divan
Nonchalamment elle est assise ;
La cigarette qu'elle attise
Livre son bleu panache au vent.

Dans la rêverie animée
Qu'au ciel son caprice poursuit,
Quel beau projet s'allume et fuit
Sur les ailes de la fumée !...

Cigarette que sous mes doigts
Pour ma maîtresse j'ai roulée,
Raconte à mon âme troublée
Les doux mystères que tu vois.
La lèvre de ma bien-aimée
Te livre ses tendres discours ;
Que sont pour elle nos amours
O cigarette ? — Une fumée !...

Mais quel souffle humide et brûlant
Sort de sa bouche qui s'allume ?
De son cœur que le feu consume
Est-ce un soupir vers moi volant ?
Je sens une haleine embaumée
Me pénétrer et m'embraser ;

Est-ce la flamme d'un baiser?...
Cigarette, c'est ta fumée!...

Riants plaisirs de mes vingt ans,
Fraîche beauté de ma maîtresse,
Jours de rêves, nuits de tendresse,
Coupes pleines, seins palpitants,
Où s'abreuve l'âme charmée,
Il faudra donc vous oublier!...
O cigarette, ton foyer
N'est plus que cendres... sans fumée!

Vidons la coupe d'un seul trait;
Eh! que m'importe la durée!
Voit-on quand l'âme est enivrée
Couler l'heure qui disparaît?
O cigarette consumée,
Tu ne dures qu'un seul moment,
Mais c'est tout un enchantement
Que ce quart d'heure de fumée!

LETTRE D'AMOUR

JETÉE SUR UN BALCON

—

Lettre d'amour, charmante messagère
Qui de mon cœur portes le battement,
Trouveras-tu cette beauté légère,
Celle que j'aime attentive un moment ?

11

Je t'ai jetée au bord de sa fenêtre ;

Il est nuit, pars, conte-lui mon amour,

Et que sa main, blanche petite lettre,

Comme une fleur te cueille au point du jour.

Sur ce doux pli qui renferme mon âme

Toute la nuit, mon regard a veillé.

A l'horizon lorsque le ciel s'enflamme,

Sur mon amour quelle aurore a brillé !

Elle a reçu les mots tracés pour elle.

Dis-moi, ma lettre, oiseau tendre et discret

Qui lui portais mon amour sous ton aile,

T'a-t-elle aussi confié son secret?...

Mais quoi ! c'est lui sur cette pierre nue,

Le frêle oiseau grelotte insperçu ;

Si près du seuil de ma belle inconnue,

Billet d'amour, on ne t'a pas reçu !

Vent du matin, respecte un doux message ;

Sans le flétrir, rayons du jour, passez ;

Ondes du ciel que fait tomber l'orage,
N'effacez pas les pleurs que j'ai versés.

Une servante, une main étrangère
Profanera ces mots que j'ai rêvés!
Et dédaigneuse, ô pauvre messagère,
Te jettera sur les boueux pavés;
Ah! garde-toi de la foule accourue
Qui te lira sous un rire moqueur;
Ah! garde-toi des fanges de la rue,
Dans les ruisseaux ne traîne pas mon cœur!

Mais le rideau sous une main s'agite,
Par la fenêtre un regard a jailli :
Enfin c'est elle! et mon sein bat plus vite :
Tendre billet, te voilà recueilli!
De mon printemps ô la douce hirondelle,
Reviendras-tu m'annoncer un beau jour?
Je tremble! — Toi, ne redoute rien d'elle,
C'est une femme, et tu parles d'amour!

SUR UNE FLEUR

OFFERTE PAR UNE DAME

L.***, cette fleur que vos doigts ont pressée,
   Que votre lèvre a caressée,
Exhale votre charme avec sa douce odeur ;
   Et sur mon sein où je la pose
   L'amour au parfum de la rose
   Mêle le parfum de mon cœur.

LE SOIR SUR LA MONTAGNE.

> La crainte et l'espérance sont les deux
> poids qui gouvernent l'horloge de la vie
> humaine.
>
> MARIANA.

I

Près de moi viens t'asseoir sur cette pierre antique,
    Débris que le temps a roulé ;
Vois le soleil couchant de ce vieux mur gothique
    Projeter le front crénelé ;

Dans ta main prends ma main qui te dira mon âme :
Le cœur sur ces coteaux s'épanche en frémissant,
Comme un soupir d'amour des lèvres d'une femme
L'air de la liberté passe en nous caressant!...

Un calme solennel s'étend sur la nature ;
        L'émotion saisit le cœur!...
Le regard suit pensif la sombre dentelure
        Des monts que voile la vapeur ;
L'âme méditative écoute ce silence
Que trouble seul le cri des oiseaux attardés ;
L'air qui siffle entre l'if, le torrent qui s'élance,
Gronde et sur les graviers roule à flots débordés.

Les dernières lueurs lentement se retirent,
        Et glissent vers d'autres coteaux,
Comme en fuyant la grève où les vagues expirent,
        Des mers redescendent les eaux.
Tu sais, tout change, fuit comme l'onde mobile,
Tout est soumis au flot des biens et des malheurs,
Et le tissu des jours que le destin nous file
Voit ainsi varier le ton de ses couleurs.

Regarde à l'horizon, cette vapeur légère
    Raser les monts comme un oiseau,
Tourner au gré du vent sa toile passagère,
    Comme la voile d'un vaisseau ;
Se dilater, monter en spirale fumeuse,
Se dorer un moment de l'éclat d'un rayon,
Aux roches déchirer sa robe vaporeuse :
Belle, mais fugitive, et vaine vision !...

II

Pourquoi ce vide amer dans mon âme attristée
        Comme à la perte d'un ami ?
Et quand l'astre a baissé sous l'ombre projetée,
        D'où vient que la terre a gémi ?
Est-ce un Christ expirant et dont l'âme divine
En fuyant nous replonge au chaos destructeur,
Ou d'un trône brisé l'éclatante ruine,
Déblayant le terrain au peuple fondateur ?

Et le vent qui mugit, siffle, murmure, gronde,
        Semble pleurer un glas de mort ;
Géant dont l'œil s'éteint, on dirait que le monde
        Dans l'ombre éternelle s'endort.

La mort a répandu sur la terre isolée
La ténébreuse horreur d'un immense tombeau ;
Mais vole à l'horizon, mon âme consolée !
La vie est au retour du céleste flambeau !

Non, non, plus d'amertume et de sombres pensées;
Fantômes de la nuit, fuyez !
Les êtres, abattus par ces lueurs passées,
Demain seront vivifiés.
Dans un dernier rayon nous a lui l'espérance ;
D'un ami qui s'enfuit c'est le dernier regard,
Un regard radieux où brille l'assurance
Qu'il reviendra sécher les larmes du départ !

Les astres scintillant au milieu des ténèbres
De la nuit dissipent le deuil,
Symbole consolant, espoir ! Flambeaux funèbres
Qui brûlent auprès d'un cercueil !
Ainsi, lorsque du Christ la lumière féconde
Pour un temps s'éteignit sur le sanglant Thabor,
La nuit descendit, mais à l'horizon du monde
L'astre de l'espérance éleva son front d'or !

Une humide vapeur tombe sur la vallée ;

      Mon cœur frissonne, ami, fuyons !

La lune éclairera notre marche isolée

      De ses mornes et blancs rayons.

Tout est silencieux dans la ville aux murs sombres ;

Là, le pauvre isolé veille le front blêmi ;

Ah ! que l'astre si doux qui projette nos ombres

Dans le cœur qui s'éteint verse un rayon ami !

La terre s'agitait : les hommes, le front pâle,

      Tournaient les yeux vers l'orient ;

Ils appelaient en vain la lueur matinale

      De l'aube au visage riant.

Mais le sage espérait, et sur sa base antique

Le vieux monde craquant annonçait le réveil.

Plus de . egrets ! voyez, dans un ciel magnifique,

Dieu pour l'humanité lance un plus beau soleil !

            FIN.

TABLE